Vila Sapo

José Falero

Vila Sapo

Contos

todavia

Para Rita,
para Caroline,
para Dalva

Com amor e gratidão

Atotô

Teve a época da cachaça. Eu era bem mandinho nesse tempo, mas lembro. Os nego tudo se reunia pra tomar caipira de bergamota, ouvindo *Sobrevivendo no inferno*. E as bergamota não era comprada, não. Nada disso. Se os nego mal conseguia juntar dinheiro pra comprar a cachaça, imagina então comprar as bergamota. Fora de cogitação comprar as bergamota. Era tudo roubada lá do Zé do Brejo. E seguinte: naquele tempo, só caipira *de verdade*; não tinha suquinho da Xuxa. Os nego até dizia: "a legítima caipira: ou tu cai, ou tu pira". Mas caipira era só no meio da gurizadinha mais nova, tudo moleque, quinze, dezesseis ano. Os malandro mais velho gostava de tomar a cachaça era purinha mesmo. Deus o livre, os bicho era ruim! Só demônio, só diabão! Desses aí, boa parte tá morto hoje em dia, ou tá atirado nos boteco. Virou tudo bêbado, lógico. Tudo tiozinho bêbado hoje em dia, desses que nem passa na baia quando chega do trampo: já salta do bonde já na frente do boteco já e já vai entrando já e já vai pedindo uma dose já e já vai empinando... A primeira é talagaço e não tem boi; depois, beleza, só bicando na manhosa. Eu tenho pena é das mulher desses cara, na real. Os cara chega na baia tapado de marimbondo e não lava nem os pé pra dormir.

Isso quando não bate nas pobre das nega véia, Deus que me perdoe. Ih, vários e vários malandro da época da cachaça virou esse tipo de verme aí, esse tipo de imundície, esse tipo de fraco.

Hoje em dia, vários ano passado da época da cachaça, nós já tamo na época do gelo já. Que loucura, né, meu? Quem diria, né, meu? Esse tempo de agora, porra, isso ia ser ruim de imaginar na antiga, na real. Olha aí, olha bem, só te liga: qualquer cu pelado chega num boteco e pede um gelo. Ou dois. Três, quatro, se pá até cinco. Caralho, mano! Na antiga, tinha que fazer cinquenta grau pro malandro se animar de botar um gelo, a menos que fosse maluco do dinheiro, que tivesse uma condição melhorzinha. Hoje, não. Pode ver, pode ver: os boteco tudo cheio de neguinho que não tem onde cair morto, tudo vá gelo. E vá raio também, mas, enfim, daí já é outra história já.

O fato é que o meu tempo de medonho foi depois da época da cachaça, que já tá distante no passado, mas foi antes dessa época do gelo de agora. Foi no meio, tá ligado. O meu tempo de medonho foi na época do vinho.

Na época do vinho, garrafa de um litro era de tomar sozinho, de cantoneira, ou entre dois, *no máximo.* Pra tomar de mulão, tinha que ser garrafão de cinco litro. Vou te dizer pra ti: tempo bom pra caralho! Tempo melhor não teve. Era época de pião zunindo no chão e pipa voando no céu. Era época de carrinho de lomba: a Guaíba parecia um autódromo, e os pátio tudo parecia uma pá de oficina. Era época de futebol: o campo sempre lotado de nego pra jogar, fora a cambada na volta olhando. Era época de funda: as lâmpada dos poste sempre estourada, que a piazada não perdoava nada. Por causa disso, inclusive, o coração da vila Sapo, que é a praça, ficava um breu só, quando caía a noite.

E nesse breu da praça eu perdi as conta de quantas vez eu e os nego tudo — sempre uma pá de boneco, às vez dez, quinze nego —, eu perdi as conta de quantas vez a gente se juntou nesse breu da praça pra encher a cara de vinho e maconha. Vá garrafão e vá bomba, Deus o livre! Porra, era massa. Nessa época, porco na boca era mentira. Só quando alguém matava alguém, daí beleza; mas não toda hora, que nem é hoje em dia.

Eu lembro que uma vez a cena no breu da praça foi longe. O assunto parecia que não ia acabar nunca: bomba atrás de bomba, garrafão atrás de garrafão. Bom, chegou uma hora que só tinha filósofo ali. E toda vez que eu via o garrafão na finaleira e a bomba na pontinha e já começava já a me conformar, pensando que era o fim, os nego tudo começava a se coçar e do nada surgia uma pá de moeda e nota amassada. Na vila Sapo é assim, sempre foi assim e sempre vai ser assim: os malandro não conhece limite. A loucurada se estica até onde dá: enquanto tem de beber, os malandro bebe; enquanto tem de fumar, os malandro fuma. E outra: ninguém pede pinico. Jamais visto, pedir pinico. É tudo doido ponta firme, tudo mil grau. O diabo é que gosta de ver. Na vila Sapo, ele tá sempre pelos canto, esfregando as mão, só olhando os mano se destruir de tudo que é maneira.

Mas não tem jeito: sempre chega uma hora que o assunto acaba, e nessa hora os nego tudo começa a largar, um por um. Naquela vez, não foi diferente. Quando já não tinha mais vinho, já não tinha mais maconha e já não tinha mais dinheiro, foi dois palito pro bandão de mais de dez cabeça se reduzir a trio. E eu fui um desses três que ficou ali, vegetando no breu da praça, tá ligado. Sei lá, nunca fez o menor sentido pra mim ficar louco e ir dormir. Hum!, ficar louco e ir dormir! Pra mim, isso é o maior desperdício. A minha loucura, eu sempre gostei de gastar ela acordado, na rua, vendo as coisa acontecer. E o que acontece na vila Sapo, mano, tu não acredita. Principalmente o que acontece no meio da madrugada.

O trio que ficou vegetando na praça depois que o resto tudo saltou era eu, mais o Nego Tiriça, mais o Nego Bota Fé. Na real, eu nunca cheguei a falar com eles dois sobre essa viagem de gastar a loucura na rua, mas acho que se pá eles pensava que nem eu.

Tava um frio que parecia até dois, e não tinha nuvem nenhuma no céu. Interiormente da minha mente totalmente demente, eu comparei a lua branca e morta que brilhava no céu com uma lâmpada, dessas que se acende pra iluminar o frio, o vazio e a fome, quando a gente abre a porta da geladeira no meio da madrugada. Que viagem! Muita viagem. Eu tava muito viajando. Daí, teve uma hora que o Nego Bota Fé me resgatou do mar dos delírio, porque ele tremeu inteirinho, fazendo "brrr!", igual um cavalo relinchando, e isso me chamou a minha atenção, tipo, isso fez eu me alertar e ficar esperto. Eu senti toda a minha viagem evaporando dentro da minha cabeça enquanto o negão se encolhia todo, abraçando ele mesmo e esfregando os ombro com as mão. Daí, ele cantou:

— "Quanto mais frio/ Mais em prol/ Um amante do dinheiro/ Pontual como o sol/ Igual eu..."

Já devia fazer uns dois ano que *Nada como um dia após o outro dia* tinha sido lançado. Os fado já tava tudo na ponta da língua dos malandro. Mas esse aí o Nego Bota Fé não lembrava todo. Ele até ficou tentando lembrar, mas não conseguiu. Daí, me perguntou:

— Como é que é mesmo, Nego Estavo?

Beleza, beleza, eu não vou me fazer de louco. Eu sei que tu que tá lendo isto aqui deve ter ficado pensando "meu Deus do céu, mas por que Nego Estavo?". Então, seguinte: deixa eu explicar essa porra desse meu apelido. É dois palito.

Teve uma vez, vários ano antes dessa madrugada fria aí, que eu comecei a contar uma história pros nego. Na roda, ouvindo eu falar, só malandro arriado, como sempre. E nessa história que eu comecei a contar, tinha uns mano comigo — uns mano que tinha dado fuga dos porco comigo. Tinha sido a minha primeira fuga dos porco, e por isso eu tava contando a história todo empolgado e pá. Daí, teve uma hora que eu falei errado: eu disse "nós tavo lá". Os nego tudo se arriou em mim, lógico. Ficou tudo tirando onda de mim e repetindo "nós tavo lá", "nós tavo lá", "nós tavo lá". Daí eu me irritei e disse que eu não era tão burro, e que eu sabia muito bem que o certo era "nós *estavo* lá". Porra, daí os nego não queria mais nada: se matou tudo de rir da minha cara. E foi assim que começou: "Nego Estavo" pra cá, "Nego Estavo" pra lá. Eu ficava louco com os nego me chamando assim, e foi justamente por isso que o apelido pegou.

O Nego Tiriça se adiantou na minha frente e cantou uma carinha do fado pra refrescar a memória do Nego Bota Fé:

— "De roupão e capacete..."

— Isso aí, isso aí, isso aí mesmo — disse o Nego Bota Fé. — "No frio já é quente/ Ainda usando colete..." — E seguiu cantando o fado.

O Nego Bota Fé tinha esse apelido porque gostava de ver os nego se foder. Tipo, quando os nego tava em dúvida se fazia ou não algum bagulho que podia dar ruim, ele ficava metendo pilha, dizendo pros nego fazer, sim, só pra ver a merda pegar preço depois. E seguinte: ele metia essa pilha na maior cara dura, pagando uma de incentivador e pá. Ficava bem sério e começava a dizer "vai lá, mano, vai lá, que não dá nada, bota fé, bota fé". Um dia os nego se ligaro nessa manha dele e começaro a chamar ele de Bota Fé.

Já o Nego Tiriça tinha esse apelido porque só queria saber de sexo. Só falava em sexo. Qualquer assunto, ele dava um jeito de levar pro lado do sexo. Vivia tentando ver as calcinha das mina, vivia tentando espiar as tia dele tomando banho ou trocando de roupa. Já tinha sido pego uma pá de vez batendo punheta, sempre nos lugar mais inacreditável. Uma vez, parece que uma professora pegou ele escabelando o palhaço na sala, no meio da aula: vá soco na bexiga embaixo da classe, bem de cantinho. Não demorou muito pros nego começar a arriar que ele só pensava em sexo porque não comia ninguém, porque tava sempre a nadir, porque tava sempre na seca, porque tava sempre na *tiriça*. Daí ficou: Nego Tiriça.

De repente, o Nego Bota Fé parou de cantar, porque três malandro vinha descendo da Vilinha. Esse é o clima na madrugada da vila Sapo: se tu não sabe quem vem lá, é melhor ficar frio. O que mais tem no bucho da noite da favela é malandro batendo coxa pra lá e pra cá, indo duma vila pra outra, e o motivo não é sempre que é bom. Pode ser nego que acabou de fazer coisa errada, pode ser nego que tá indo fazer coisa errada, enfim, pode ser nego que não quer ser visto e muito menos lembrado.

Nós tava protegido no breu da praça: a gente via os malandro, mas os malandro não via a gente. E quando eles passaro do lado da praça, nós demo recunha nos três. Mas, mesmo assim, fiquemo frio, não demo um pio. Nenhum deles era flor de cheirar. E outra: a atitude deles tava suspeita pra caralho. Eles tava caminhando meio rapidinho, tava meio nervoso. Eles tava trocando uma ideia meio tensa, também. A gente não conseguiu escutar o que que eles dizia um pro outro, na real, porque eles falava baixinho; mas, pelos gesto deles, dava pra notar que tinha alguma coisa estranha, alguma coisa errada... Sei lá, às vez parecia que eles iam parar de caminhar e largar na mão ali mesmo, no meio da rua; mas aí, do nada, parecia que eles tava era concordando em algum bagulho, como se eles tivesse irritado com alguma coisa que tinha acontecido e tivesse um apoiando o outro. Enfim, não sei. Só sei que eles passaro e seguiro pela Guaíba, indo lá pros lado da Viçosa.

Nas rua selvagem da selva periférica, ser malandro é obrigação. A morte não dorme nunca, a morte não descansa nunca, a morte tá sempre rondando; a gente aprende a sentir o cheiro da morte desde piá. E seguinte: quando a morte tá pela volta, é melhor ficar esperto. Não dá pra ratiar.

Só que o cheiro de morte passou, depois que os três malandro foro lá pros lado da Viçosa, e daí a gente ficou sereno. O Nego Bota Fé até continuou cantando o fado. Mas daqui a pouco, já calou a boca de novo. Na real, ele foi interrompido — interrompido por uma saraivada. Uma saraivada que soou lá pros lado da Viçosa. Não era fogo de artifício: tá aí outra coisa que a gente aprende a diferenciar bem cedo na escola da malandragem.

Mais de dez estouro. Uns treze, catorze estouro. Foi tudo um atrás do outro, bem rapidinho. Mas foi tudo igualzinho, igualzinho, e não teve dois estouro ao mesmo tempo: foi um de cada vez, do início até o fim da rajada, só que tudo assim, um atrás do outro, bem rapidinho. Por isso eu me liguei que tinha sido só uma arma atirando; não era troca de tiro nem nada: era só um malandro sentando o dedo noutro malandro, ou se pá atirando pra cima. Eu também me liguei que a arma só podia ser uma pistola: um revólver não ia ter dado tanto tiro; fuzil ia ter feito bem mais barulho; metralhadora ia ter atirado bem mais rápido. Então, a arma só podia ser uma pistola.

Agora, se parece fácil pra tu que tá lendo isto aqui imaginar que a saraivada teve alguma coisa a ver com os três malandro que descero da Vilinha e foro lá pros lado da Viçosa, beleza, palmas pra tu. Mas eu, o Nego Bota Fé e o Nego Tiriça nem pensemo nisso na hora. Não pensemo, porque já tamo acostumado com saraivada. A gente cresceu ouvindo uma pá de saraivada. Saraivada no início das manhã, quase na hora de sair pro colégio; saraivada no meio das tarde, quase na hora da coroa da gente chegar do trampo; saraivada no fim das noite, quase na hora de dormir. Então, mano, tipo, pra gente que nem nós, não é fácil, não rola esse barato de associar automaticamente uma saraivada com outro bagulho, com outro acontecimento. Pra nós, uma saraivada é igual uma brisa que bate por bater; uma saraivada é só uma coisa que acontece, sem chamar muito a nossa atenção, e a gente não gasta muito tempo pensando nela. Tanto que, um segundo depois daquela saraivada, o Nego Bota Fé seguiu cantando o fado, como se nada tivesse acontecido.

Depois dum tempo, eu comecei a sentir que a minha loucura já tava querendo chegar no fim: em menos de meia hora eu já ia tá são de novo, como se simplesmente não tivesse bebido nem fumado porra nenhuma. Essa é a hora da depressão. É a hora que a gente lamenta ter bebido e ter fumado, ao mesmo tempo que a gente lamenta não ter bebido e fumado ainda mais. É a hora que a gente começa a pensar na cama e a bocejar toda hora. E depois de cada bocejo que eu dava, quando a boca se fechava e a língua ficava tentando se acomodar ali dentro, eu ainda podia sentir bem forte na saliva grossa o sabor do vinho misturado com o sabor da maconha.

Daí, teve uma hora que o Nego Bota Fé percebeu que o Nego Tiriça tava muito quieto no canto dele, olhando pro outro lado da rua.

— Qualé que deu, negão?

— Te liga lá.

O Nego Tiriça disse isso levantando as sobrancelha e fazendo um biquinho com os beiço, como se tivesse mandando um beijo pra baia da vizinha, do outro lado da rua. O Nego Bota Fé olhou pra lá. E eu também.

Tinha uma luz acesa lá dentro: dava pra ver pela porta, porque a porta tinha um vidro que ia da altura dos joelho até em cima. Era aquele tipo de vidro que tu pode abrir sem ter que abrir a porta, tipo uma janela que faz parte da porta.

— Ela acendeu a luz agora há pouco — disse o Nego Tiriça. — Eu tava esperto quando ela acendeu a luz. Se pá ela tá desfilando só de calcinha pela baia.

— Nesse frio? — eu duvidei.

— Vai saber. Quando vê, ela é cheia de fogo. Quando vê, dorme até pelada, se ratiar. Na real, é pra isso que serve as coberta, não é, não? Ninguém dorme entrouxado de roupa. Eu tô pensando aqui... Se pá ela foi só no banheiro mijar ou largar um barro e já vai voltar pra cama. Será que vai dar pra ver quando ela passar de volta pro quarto?

— Vai dar pra ver é um borrão — eu disse. — Te liga lá: o vidro da porta é daqueles que não deixa ver nada, que embaça tudo.

— Porra, pior! — concordou o Nego Tiriça, estalando a língua e balançando a cabeça, inconformado. — Seguinte: acho que eu vou lá botar a cara no vidro. De pertinho, se pá dá pra ver um pouquinho melhor.

— Ah, sim, de pertinho deve dar pra ver tudo — disse o Nego Bota Fé. — Vai lá, mano, mete o carão lá no vidro, vai lá, que não dá nada, bota fé, bota fé.

E o Nego Tiriça foi mesmo.

Não deu tempo da gente avisar ele: quando ele já tava lá, com a cara colada no vidro da porta da vizinha, uma viatura da Brigada apareceu, descendo a Guaíba. Cheiro de morte. Nada tem mais cheiro de morte do que os porco, ainda mais numa situação que nem aquela que nós tava. Imagina: madrugada, favela, três preto na rua, um deles espiando uma baia, nenhuma testemunha pra desmentir qualquer história que os porco inventasse depois. Porra, cheiro forte de morte! Não tinha o que fazer, a não ser tentar salvar a própria pele. Por isso eu e o Nego Bota Fé demo uns passo pra trás, mergulhando ainda mais no breu da praça, pros porco não ver nós dois. Mas a minha preocupação maior não era nem ser visto, na real: era *ver*! Puta que pariu, eu tava prestes a ver o meu mano, o Nego Tiriça, tomar uma pá de tiro pelas costa! O meu coração ficou maluco, parecia um touro mecânico dentro do peito, e a sensação de pavor parecia que tava me comendo tudo por dentro, começando pelas tripa e pelo estômago. Ia acontecer! Ia acontecer bem na minha frente! Eu podia sentir! O cheiro de morte tava mais forte que nunca, tava insuportável!

Mas o que aconteceu mesmo foi um milagre.

No *exato momento* que a viatura ia passar na frente da baia da vizinha, no *exato momento* que os porco ia ver o Nego Tiriça com a cara colada na porta, foi bem aí que a vizinha apagou a luz lá dentro, fazendo o Nego Tiriça desaparecer na escuridão do pátio. Daí a viatura passou reto, indo lá pros lado da Viçosa.

O Nego Tiriça se ligou que a viatura tinha passado e voltou puto da cara de lá do pátio da vizinha.

— Dois filho da puta, vocês, meu, dois filho da puta! — bufou ele, voltando pra junto de nós no breu da praça. — Por que que vocês não me avisaro dos porco?

O cheiro de morte já tinha passado já. Já tava tudo tranquilo e sereno, que nem baile de moreno. A minha perna ainda tava tremendo, mas eu já tinha botado o susto pra fora num suspiro e já tava no controle de mim mesmo. Por isso, me senti à vontade pra dar uma pegada no negão.

— Ora, mas é lógico: nós não te avisemo porque tu é um pau no cu e tem mais é que se foder mesmo — eu falei, brincando.

— Pior, pior! — concordou o Nego Bota Fé. — Na real, nós tinha era que ter avisado os porco, que passaro sem te ver. "Ali, seu, ali, seu! Pega, pega, seu, pega!"

O Nego Tiriça não se aguentou e começou a rir com a gente.

— Ah, vai se foder! Dois palhaço, vocês dois. Na real, um palhaço passa vergonha perto de vocês, vai tomar no cu.

E nós três fiquemo ali, rindo litros. Eu não sei por quê, tá ligado, eu não sei explicar, mas é massa, é gostoso ver que a morte passa perto o tempo todo, e ver que a gente tem a manha pra driblar ela, ou ver que a sorte paga pau pra nós e vive salvando o nosso pescoço. Claro que é foda ver que a nossa vida tá sempre numa porra duma corda bamba, só que cada vez que ela balança e se equilibra de novo, cada vez que parece que ela vai cair e não cai, aí não tem jeito, mano: a gente sente no peito que a gente é foda, e o sorrisão se abre de orelha a orelha.

O pátio da vizinha, que por pouco não foi adubado com o sangue do Nego Tiriça, não tinha cerca nenhuma. A vizinha até tinha colocado três pau cravado ali (um em cada ponta do pátio e um no meio), mas acho que se pá faltou dinheiro pro arame farpado. O fato é que aqueles três pau tava ali já tinha uma pá de tempo já, e foi apontando pra eles que o Nego Bota Fé falou:

— Olha lá, negão, quem foi que te salvou.

Eu quase não levei fé quando eu olhei. *Tinha três coruja pousada lá, uma em cima de cada pau!* Mano, não é querer ser místico nem nada, mas, fala sério, qualé a chance disso acontecer? Qualé a chance dum maluco ter o pé-quente que o Nego Tiriça teve, *justamente embaixo de três coruja*? Aliás, qualé a chance de três coruja resolver aparecer e pousar assim, junto, uma do lado da outra, cada uma num pau?

Mas o Nego Tiriça estalou os beiço, duvidando que os bicho tinha salvado a pele dele.

— Coruja significa morte, mano — disse o negão. — Se dependesse desses bicho aí, agora eu tava era atirado ali no pátio da mulher, com as paleta tudo furada.

Daí, foi a vez do Nego Bota Fé estalar os beiço.

— Não fala cocozinho, sangue bom. Na real, eu não sei se foi as coruja mesmo que te salvou ou não, mas coruja não significa morte porra nenhuma. Coruja é sinal de sabedoria, tá ligado. — Ele falou isso botando o dedo do lado da cabeça. — A minha coroa era de religião, na antiga, e me ensina vários bagulho.

— A tua coroa sabe o que que significa os número também? — eu perguntei.

— Ué, ué, por quê?

— Porque eu não tô encucado com as coruja. Eu tô encucado mais é com o número *três*, na real. Te liga só: nós tamo aqui, entre *três*, certo? Daí, teve os *três* malandro que descero a Vilinha e foro lá pros lado da Viçosa. Agora, *três* coruja...

O Nego Bota Fé botou a mão no queixo e ficou pensando.

— Na real, eu não sei se o número três significa alguma coisa. Mas é o número do Obaluaê.

— Obaluaê? — disse o Nego Tiriça.

— Isso. É um orixá. — O Nego Bota Fé enrugou a testa e inclinou a cabeça pro lado. — Porra, mano, pior que o Obaluaê não gosta de claridade...

— Tá, e o que que tem de mais ele não gostar de claridade?

Eu fui mais rápido que o Nego Bota Fé e respondi pro Nego Tiriça:

— Tem que tu podia tá morto agora se a luz da baia da mulher não tivesse apagado bem na hora certa.

O Nego Tiriça riu.

— Ah, vai cagar, vocês dois! Deve ter sido a mulher mesmo que desligou a luz. Não tem nada de mais nisso.

— Olha, se foi a mulher que apagou a luz ou não, eu não sei, porque eu não tô lá dentro da baia pra saber — disse o Nego Bota Fé. — O que eu sei é que, olha lá, ó: lá vem a dona Márcia, com a Ju e com o Vini. De novo, *três*.

Eu olhei lá pros lado da Viçosa. Pior que lá vinha mesmo a dona Márcia, de mão dada com o Vini e segurando a Ju no colo com a outra mão. Eu fiquei meio preocupado. Por que será que a tia tinha saído a bater coxa àquela hora, com as criança embaixo do braço? Quando ela chegou perto da gente, eu já fui logo perguntando:

— Que que deu, tia?

Ela revirou os olho e apertou os beiço.

— É o Vinícios. Passou a noite todinha miando, com dor de ouvido. Enfim, tô levando a criatura no posto agora, porque se deixar pra de manhã, já viu: eu fico até meio-dia esperando ficha. Aí, tem mais esse saquinho de batata aqui... Eu não quis deixar ela sozinha em casa...

Viúva. Marido morto a machadada lá em cima, na Quinze, confundido pelos traficante com o louco que andava assaltando o pessoal nas parada do bonde. Duas criança pequena pra criar, fora a Denise, a mais velha, de catorze, que tinha fugido da baia e agora vivia troteando por aí, por tudo que é canto, que nem mendiga, grávida não sei de quem, chupando pau a cinco pila pra fumar pedra. Mano... Tu quer me ver doente? Canta pra mim uma bossa nova, dessas que fala da beleza da vida e do mundo.

Eu inclinei a cabeça pro lado pra tentar ver o rostinho da Ju: tava ferrada no sono, tadinha, com os bracinho em volta do pescoço da dona Márcia. Depois eu olhei pro Vini: tava de mão dada com a dona Márcia, e tava com a outra mão no ouvido que tava doendo.

— E aí, sangue bom, qualé que vai ser? Tá doendo muito?

O guri nem me deu bola. Tava virado pro outro lado, olhando lá pros lado da Viçosa.

— Que tanto ele olha pra lá, tia? — perguntou o Nego Tiriça.

— Ah, é, eu ia falar, acabei me esquecendo — disse a dona Márcia. — Tem um infeliz atirado lá na rua do campo. Vocês não viro?

Eu e o Nego Tiriça respondemo ao mesmo tempo: "Não vimo".

— Quem é? — perguntou o Nego Bota Fé.

— Pior que nem sei, Bota Fé. De longe não deu pra ver. Tá atirado lá pra baixo, perto do mato. Mas já tem uma viatura lá na volta do corpo.

— Porra, eu vou lá dar uma bicada.

— Pior, eu também.

— Vamo lá, vamo lá.

— Então tá, guris — disse a dona Márcia, se despedindo. — Deixa eu subir essa lomba fodida, que "o tempo ruge e a Sapucaí é grande".

A gente respondeu tudo junto: "tchau, tia".

Daí, quando nós tava indo lá pros lado da Viçosa, o Nego Tiriça comentou:

— A dona Márcia até que dá um caldo bem gostoso.

E o Nego Bota Fé:

— Mas mete os pé uma hora, negão, mete os pé que ela deve tá carente, bota fé, bota fé.

Quando a gente já tava descendo a rua de terra que passa do lado do campo, nós vimo, lá embaixo, o corpo atirado, a viatura estacionada e os porco na volta. Os *três* porco na volta.

— Se eles perguntar aonde é que nós vamo, nós dizemo o quê? — perguntou o Nego Tiriça.

— É melhor não mentir, negão — eu disse.

— Pior — concordou o Nego Bota Fé. — Vamo inventar de mentir, vamo acabar se atrapalhando ainda. Não: nós tava ali, de bobeira na praça, a tia passou e falou do corpo, nós viemo ver. Pronto.

Os porco nem disfarçava a cara de cu. Imagina: um Zé-Ninguém morto por outro Zé-Ninguém em Lugar Nenhum por motivo que não interessa: eles não fazia a menor questão de tá ali, e não via a hora de ir embora dali de uma vez. Quando a gente chegou perto, um deles, que tava anotando alguma coisa num bloquinho, perguntou, mas sem se dar ao trabalho de tirar os olho do bloquinho:

— Vocês conhece esse bosta aí?

Eu olhei pro morto, que tava de bruços, todo torto, deitado por cima dum braço. Sim, eu sabia quem era. Eu conhecia de vista. Eu sabia o nome dele. Eu não só sabia o nome dele, como eu também sabia o nome dos outro dois malandro que tava com ele, um minuto antes dele ir pra banha. Mas seguinte: eu não sou filho de pai bobo, e por isso eu respondi assim:

— Nunca vi mais gordo.

O Nego Bota Fé e o Nego Tiriça me acompanharo na mentira, lógico.

— Eu também nunca vi.

— Nem eu.

Eu notei um detalhe: dero um caminhão de estouro no malandro, uns treze, catorze estouro, mas só que nem todos pegaro. É claro que eu não sei o que que aconteceu nos último momento de vida daquele malandro atirado ali na minha frente, mas pelo jeito ele tinha se ligado que iam matar ele e tinha saído correndo. Daí, quem deu os estouro nele teve que atirar de longe, e por isso errou a maioria dos tiro. Só *três* tiro pegaro.

— *Três* tiro no meio da paleta... — eu comentei.

Pela primeira vez, o porco que tava anotando no bloquinho se dignou a me olhar com o canto do olho. Eu percebi que na real ele ia dar só uma bicadinha em mim e depois ia continuar olhando pro bloquinho, mas ele viu alguma coisa em mim que chamou a atenção dele, e por isso ele deu aquele golpe de vista duplo, tá ligado? Tipo, olha, não olha, olha, bem rapidinho. Daí, sim, ele esqueceu aquela porra daquele bloquinho, tirou a bunda do capô da viatura, botou as mão na cintura e ficou de frente pra nós, olhando eu e os nego um por um, com a testa enrugada.

— Vem cá: quantos anos vocês têm?

— Quinze.

— Quinze.

— Catorze.

Ele abriu um sorriso — um sorriso cheio de raiva. Não sei do que que ele tava com raiva, na real. Nunca entendi. Eu acho que se pá ele pensou em pegar o nosso depoimento, e não deu, porque nós era de menor.

— Some daqui, seus filho da puta. Acabou a noite pra vocês. Não sei nem o que que vocês quer na rua essa hora. Vai, vai, vai!

Beleza. Não falemo nada. A gente só se virou e começou a subir de volta a rua de terra. E quando nós já tava meio longe, o porco ainda gritou na nossas costa:

— Cada um pra sua casa, hein? Se eu pegar vocês na rua, eu vou bater em vocês até eu me cansar!

A gente obedeceu: cada um foi pra sua baia.

Eu já tava louco de sono, na real. Cheguei na baia só querendo me enfiar embaixo das coberta e desmaiar. Mas eu fui dar uma bicada na hora, antes de deitar. E foi assim que eu descobri que enquanto eu me estragava lá na rua, o rádio-relógio também tinha se estragado dentro da baia. Porque eu tinha noção que já devia passar de cinco da manhã, já devia tá quase amanhecendo, mas o rádio-relógio tinha parado de funcionar no meio da madrugada, e não tava avançando nas hora, ele ficava só piscando, só mostrando os número da hora que ele tinha travado: *3:33*.

Eu lembro que, nessa vez aí, depois que eu me enfiei embaixo das coberta e desmaiei, eu sonhei com um maluco cheio de ferida. Foi um sonho estranho pra caralho, na real. Esse maluco cheio de ferida me protegia, ele não deixava ninguém me fazer mal. E ninguém gostava de ficar perto dele, nem de olhar pra ele, por causa das ferida dele. Mas eu gostava de ficar perto dele, porque ele me protegia, e quando eu olhava ele de perto, eu conseguia ver que ele era um cara bonitão. Com as ferida tudo dele, ele era muito mais bonitão do que as pessoa sem ferida.

Encontro de negócios

Eu tô agendando um encontro de negócios entre a gente. Vai ser numa esquina qualquer de Porto, depois que o sol afundar lá no Guaíba. Nessa noite, tu não vai poder tomar um caminhão de tequila no Barba Azul, infelizmente. Porque não vai te sobrar nem um realzinho, tá ligado? Mas olha pelo lado bom: depois que o sol der toda a volta no mundo e vir bater aqui, no esgoto a céu aberto da vila Sapo, o meu filhote vai tomar um café da manhã esperto, um cafezão de malandro. E, sabe, cara, eu até queria que tivesse uma maneira menos traumatizante, menos conturbada de realizar essa transação financeira. Eu queria que as coisas pudessem ser resolvidas no diálogo, tá ligado? Eu queria mesmo, de coração! Mas é que se tu pensa que a tua sede de tequila é mais importante do que a fome de pão do meu filhote, nesse caso, sangue bom, a gente não tem nem o que conversar. Na real, pensando bem, a gente nem fala o mesmo idioma; como é que a gente vai conversar? A gente nem sequer é do mesmo mundo. Eu uso o *Diário Gaúcho* e tu usa Neve Supreme folha tripla: vamo conversar de que jeito? Então, é isso aí, mano. Até breve. Não te esquece: numa esquina qualquer de Porto, depois que o sol afundar lá no Guaíba. Leva o dinheiro. Eu vô tá com o meu advogado, que fala por mim quando as coisas ficam complicadas. E o danado fala alto, viu. Fala alto, nunca engasga e tem bafo de pólvora.

Dignidade-relâmpago

— Tá, e aí, qual vai ser?

— Qual vai ser?

— Seguinte, neguin: na real, a gente já tem tudo o que a gente precisa bem aqui.

Ele tirou o ferro da cinta e me mostrou, assim, fechando os olho e balançando os ombro, com ritmo, com molejo, como se tivesse curtindo o baile e pá. Tava tri chapado. Eu também tava, na real. Nós tinha acabado de queimar o massa.

Calorão do caraio. O sol tava brilhando forte, lá em cima, e fazia brilhar forte o ferro, aqui embaixo. Eu peguei o bagulho na mão pra vê qualé que era. Senti o bagulho leve pra caraio. Abri o tambor e não vi porra nenhuma.

— Cadê as bala?

Ele estalou os beiço.

— Não precisa.

— Beleza, e aí, qual vai ser?

— Qual vai ser? Eu que te pergunto, vagabundo. Tá tudo aí pra nós, é só querer. O mundo é nosso. Acima de nós, só Deus.

— Um rolê? Tô só pelo rolê. Tô precisando me distrair um pouco, mano. Tô precisando tomar um vento fresco na cara e esquecer dos problema.

Ele concordou.

— Um rolê. Sem miséria.

— Sem miséria, mano.

— Sereno, mete uns pano lá.

— Pra quê?

Ele estalou os beiço de novo. Ele gosta de estalar os beiço, nunca vi.

— *Sem miséria*, caraio! Sem miséria é sem miséria, mano. Tu já viu mendigo de Veloster? Tu já viu mendigo de Civic? Vai lá, mete os melhor pano que tu tem, pra combinar com o carango que nós pegar. Isso na real torna a gente até menos suspeito. Ajuda, tá ligado. Vai lá. Eu vô me trocar também.

— Fechô.

Fui na baia e voltei galã. Diretamente do fundão do beco, um dom-juan da vila Sapo, camisa branca no ombro, óculos escuro na cara, boné virado no melão, bermuda caindo, uma vírgula estalando no pé. A preguiça foi pra casa do chapéu. Fazer uma mão sempre dá preguiça no começo, mas depois a disposição aparece, e daí é só alegria.

Ele veio da baia dele na estica também, depois dum tempão. Arrombado do caraio! Uma princesa, pra se arrumar, nunca vi!

Tudo certo, vamo lá: dois malandro cheio de elegância, indo pra cena. Nós vai é dançando, tio. Que que é? Cada passo é um balanço, os dente tudo de fora, dedinho no ar e tudo. O couro é confortável pras paleta; a cento e trinta, o vento na cara é o ouro; só de imaginar, tu te arrepia, tio, Deus o livre! Vamo lá, vamo lá, vamo lá! Vamo lá, que a gente é merecedor! Veja: a gente esfrega as mão só de pensar!

O trecho até o fluxo é grande. Da vila Sapo até as rua tranquila do Petrópolis é dois bonde, quase uma hora de viagem. E agora nós tava ali, no momento de tensão. Aquela região ali não combina nada com a gente, é só bater os olho no naipe dos vagabundo e comparar com as calçada limpa e com os prédio alto: nada a ver, nada a ver, algo errado, algo errado. Dois malandro tirando onda no Petrópolis? Vixe! Se os porco passa, a sirene toca na hora, certamente: paredão e cana direto, por causa do ferro. Se tem bala ou se não tem, não interessa. Não ia ter nem blá-blá-blá no radinho. Concha de tonel e cana.

Só que deu tudo certo, graças a Deus. Peguemo uma tia se matando pra estacionar o CrossFox na sombrinha.

— Caiu, tia! Vamo, desce, desce, desce!

Ele apontava o ferro pra ela com uma mão, e com a outra puxava ela pelos cabelo. Eu dava um bico em volta, pra ver se não tinha ninguém olhando.

— Ai, ai, tá bom, tá bom... Não me mata, moço, pelo amor de Deus! Pelo amor de Deus!

Nessas horas aí, até que me dá um pouco de pena das vítima. O olhar de pavor das vítima quase me comove. Mas eu não posso me distrair, tá ligado. Ter pena, se comover, isso aí é uma distração. E eu tenho que ficar firme e alerta.

— Vem comigo, tia! Aqui, vem comigo! Ei, ei, mano, dá cá o ferro, que eu vou cuidar da tia. Pilota aí, sangue bom. Vambora, vambora!

Peguei o ferro e fiquei no banco de trás com a tia, e ele sentou no volante. Arranquemo com o carro. Pronto: a pior parte já passou já. Coração a mil, querendo sair pela boca! Sossega, bichinho! Sossega, que já era, tá suave! Suave na nave.

— Fecha os vidro aí, sangue bom, que é pros bico não vê nada.

Aí, porra, véio, a tia começou a chorar. Que inferno! Isso me irrita. Por que sempre choram, cara?

— Tá chorando por quê, tia? Nem te fiz nada ainda.

— Moço, pelo amor de Deus...

— Ah, tia, por favor, cala a boquinha! Se a senhora ficar quieta aí, vai dá tudo certo. Não é pessoal, isso daqui. Eu não quero o mal da senhora. O lance é grana. E por falar em grana, cadê a carteira?

— Tá ali na frente, dentro da bolsa...

— Tem dinheiro?

— Tem uns trezentos pila só... Mas tem o cartão também...

— Quanto tem no cartão?

— Eu não sei...

— Não sabe é um caraio! Quanto é que tem, porra?

— Uns dois mil só...

— "Só." "Só." Tudo a senhora fala "só", como se não fosse nada. "Trezentos pila só", "Dois mil só". Vamo torrar tudinho, viu? Não vai ficar nada. Qualé a senha do cartão?

— 0372.

— 0372, 0372, 0372. Beleza. 0372.

— Moço...

— Psiu! A senhora fala outra coisa pra senhora ver o que eu faço! Dá mais um pio pra senhora ver o que eu faço!

Voltemo pra vila Sapo e passemo na baia dele. Ele desceu do carango e deu um pulo lá dentro pra buscar fita e arame. Jogo rápido, voltou rapidão. Depois a gente seguiu pra rua sem saída, que termina no mato. A tia tremeu na base quando a gente mandou ela descer do carango ali, bem na frente do mato, no meio do nada, onde não tinha testemunha nenhuma. Se acabou de tanto chorar.

— Ai, moço, vocês vão me matar, moço... Pelo amor de Deus, moço...

— Ei, tia, calma aí! Olha na mão dele. Olha ali na mão dele.

Ela olhou pra mão dele.

— Tá vendo? Fita e arame. Pra que que a gente ia querer fita e arame se a gente fosse matar a senhora? Fica fria, fica fria, pianinho, pianinho.

— O que vocês vão fazer?

— A senhora fica tranquila. A gente só vai amarrar a senhora bem amarrado com o arame, e vamo tapar a boca da senhora com a fita, e vamo deixar a senhora no porta-malas.

— Mas, moço, por que vocês não deixam eu ir embora, pelo amor de Deus?

— Ah, tia, a senhora pensa que a gente nasceu ontem? Deixar a senhora ir? Pra quê? Pra senhora ligar pra polícia na primeira oportunidade? Pra senhora dar o seu carro como roubado e os homi caçar a gente por aí, que nem se a gente fosse bicho?

— Mas, moço, eu juro...

— Ah, jura nada, cacete! Olha, a senhora vai ficar bem, tá bom? Não vamo te fazer mal. Agora vira. Vira e bota as mão pra trás, pra gente amarrar as mão da senhora.

Amarremo as mão dela. Tapemo a boca dela com fita. Botemo ela no porta-malas. Daí amarremo os pé dela também. Eu olhei pra ela e disse:

— Vai ser assim, tia: a gente vai usar o carango da senhora pra dar um rolê por aí. E vamo torrar a grana da senhora todinha. Enquanto isso, a senhora vai ficar bem quietinha aí, tá bom? Não tenta fazer barulho, não tenta chamar atenção, que se a senhora tentar fazer isso, daí não vai prestar. Tá bom?

Ela fez que sim com a cabeça.

— 0372, né?

Ela fez que sim com a cabeça.

— Beleza.

Eu fechei o porta-malas.

Agora nós tava de boa, finalmente. Tu já sentou o cu na porra dum CrossFox? Deus o livre, que delícia! Braço pra fora, vento na cara, orgulho no peito. Dignidade. Dignidade que, no nosso caso, não ia durar muito, mas, mesmo assim, dignidade. Quem olha não sabe que nós peguemo na mão grande. Quem olha não sabe que a dona tá no porta-malas. Quem olha pensa que o cara é grandão, filho de bacana e pá. Então, as mina tudo se bate. A gente passa e elas tudo molha a tanga. Os malandro olha com inveja e pá. Queriam tá no nosso lugar, tirando onda que nem nós. Mas não é filho de bacana e não tem disposição pra tomar na mão grande, que nem nós. Daí fica ruim, né, tio? Porra, cada qual com o que merece.

— Qual é o plano?

— Vamo fazer um pit stop naquele mercadinho da Bento, vamo pegar uns gelo lá. Depois vamo direto na Tuca, pegar um pó e um baseado.

Paremo no mercadinho e peguemo força de gelo. Só Eisenbahn. Quem é que não gosta de coisinha boa? E nós tava forte, tio. Veja: tudo no cartão. Depois a gente foi na Tuca, pegar o pó e o baseado. Só alegria. Rolê em várias quebrada, parando pra trocar a mó ideia com os mano de tudo que é lado, os mano que a gente pechava na Restinga, na Bonja, na Cruzeiro, em tudo que é canto. Rodando e rodando de CrossFox por Porto o dia inteiro, dum lado pro outro, daqui prali e dali pra cá, e vá gelo, e vá raio, e vá fumaça, bem louco, bem tudo, sem miséria. Rolê sem miséria, como a gente tinha planejado. O couro é confortável pras paleta; a cento e trinta, o vento na cara é o ouro. Era ele que tava na boleia, e toda hora eu falava pra ele pisar, porque eu queria o vento na cara, que é o ouro, eu queria esquecer os problema.

— Pisa, vagabundo, pisa!

Teve uma hora que ele perguntou:

— E aquela mina lá que tu curte e pá?

— Que que tem?

— Como "que que tem"? Tu tava na mó luta pra pegar. Pegou?

— Não. E na real, ela é parte dos meu problema. Eu gosto dela de verdade, mano. Mas ela não gosta de mim. Vou fazer o quê?

— Isso daí é foda.

— É foda, mano. E tu sabe o que que é pior? Eu não consigo fazer ela entender que eu gosto dela e pá. Tá entendendo? Eu não consigo expressar o que eu sinto dum jeito que ela entenda e veja que é verdade. Eu tenho quase certeza que ela me tira pra mentiroso, que ela me tira pra enganador. Ela pensa que eu quero só comer ela, tenho certeza disso daí.

— Que que passa na cabeça dessas mina, né, meu? Será que elas não sabe que o cara come quem o cara quer?

Ainda mais quando nós tá de rei, que nem nós tá agora. Se fosse só comer, só comer, porra, daí o cara come qualquer uma. Elas pensa que vagabundo não tem sentimento.

— Não, mas ela nem sabe que eu sou vagabundo. Na real, se ela descobre que eu sou do corre, nem fala mais comigo. Ela pensa que eu sou trabalhador e pá. Deus o livre, se ela descobre que eu tô agora, por exemplo, com essa tia aí no porta-malas, andando pra lá e pra cá, daí ela me tira pra monstro, pensa que eu sou ruim e pá.

— Tô ligado. Mó neurose. Seguinte: larga de mão, então.

— Não dá, mano. Não é o cara que escolhe essas parada aí, tá ligado. É como se eu te dissesse pra tu deixar de amar a tua coroa, por exemplo. Como é que tu ia fazer pra deixar de amar a tua coroa? Não dá, tá ligado. Tá dentro da gente. Eu não consigo deixar de gostar daquela mina. O máximo que eu posso fazer é deixar ela quieta no canto dela. É só isso que eu posso fazer. Mas dentro de mim, mano, dentro de mim tá foda de segurar o rojão. Muita mágoa. Muita frustração. Muita vontade de tá com ela, de trovar com ela. E esse na real é um dos motivo de eu tá aqui agora, contigo. Esse é um dos motivo que eu precisava relaxar e ficar de boa, que eu precisava tomar esse vento na cara e espairecer, que eu precisava sentir que a vida é boa e pá. É que eu discuti com ela ontem, tá ligado. E discutir com ela é uma merda pra mim. Eu fico me sentindo mal quando eu discuto com ela.

Ele não tava mais prestando atenção em mim. Tava mexendo no celular da tia, enquanto boleava. Eu perguntei:

— Qualé que deu?

— Mensagem pra tia. Toma aí, responde aí.

Ele me deu o celular da tia na minha mão. A mensagem dizia assim: "onde andas?". Era dum tal de Gilberto. Eu digitei assim pra responder: "falo contigo depois".

A noite já tinha caído. Nós já tava no fim do nosso rolê. Nós já tava pensando em voltar pra boca e liberar a tia em algum canto. Mas a gente parou no posto da Ipiranga com a Antônio de Carvalho pra abastecer e pra pegar mais gelo. Foi aí que as coisa começou a dar errado.

Ele ficou dentro do carro, na bomba, e eu saltei pra ir na loja de conveniência. Tinha uma brigadiana lá dentro, fazendo a segurança do bagulho e pá, e ela ficou me olhando torto e pá, ficou me medindo. Até aí, normal. Eu peguei as Eisenbahn, dei o cartão pro maluco do balcão passar, digitei a senha, tudo certo. Voltei pro carro. Daí o meu mano falou comigo pela janela:

— Ei, sangue bom, cabô meu crivo. Pega um Marlboro pra mim lá.

— Sereno.

Eu dei meia-volta. E daí reparei num bagulho: lá dentro da loja de conveniência, o maluco do balcão tava no mó conchavo com a brigadiana, os dois me olhando e pá. O que que eu deduzi? O filho da puta foi lá dizer pra brigadiana que eu tava com um cartão duma mulher. Ele deve ter visto o nome escrito no cartão e pá. E agora, a brigadiana viu que eu tava de carrão, eu e mais outro malandro... Resumindo, a ficha dela caiu. E a minha também. Eu desisti de voltar na loja de conveniência. Entrei no carro, e fiquei bicando pra ver o que a brigadiana ia fazer.

— Qualé que deu, mano?

— Salta fora, mano, salta fora...

— Mas qualé que deu?

A brigadiana agora tava saindo da loja, os olho cravado em mim.

— Sujou, vagabundo, salta fora, mano, salta fora, caraio, pisa, pisa!

Arranquemo com o carro, e eu vi que a brigadiana ficou dando a fita no radinho.

Seguimo pela Bento, a milhão. Mas tinha uma viatura no canteiro central, ali na frente do terminal da Antônio de Carvalho. Essa viatura já veio direto na cola, sirene ligada e tudo. Nós tava fodido.

— Fodeu, sangue bom!

— Só pisa, só pisa!

Entremo que era uma bala na João de Oliveira Remião. Mas os porco não tava longe. E ali, naquela subidona reta do começo do Pinheiro, o sapeco começou a pegar. Chumbo e chumbo na gente. Eu me abaixei. Um dos tiro fez trincar todinho o vidro de trás.

— Puta que pariu!

— Deus que me perdoe, eu não sou de desejar o mal de ninguém, mas tomara que eles acertem a tia ali atrás, que é pra eles se incomodar. Porque se os tiro pegar na gente e a gente morrer, fica por isso mesmo. Mas se pegar na tia, daí eles se fodem.

Quando nós tava chegando na curva da 5, eu tive uma ideia.

— Ei, mano, te liga: depois da curva, eles vão ficar um tempo sem ver a gente. Daí, entra naquele bequinho do lado do colégio...

— Não dá, mano! Aquele bequinho ali é curto, não dá pra ir longe com o carango.

— Eu sei, mano, mas a gente tem que abandonar essa porra, pra não acabar morrendo. Entra no bequinho, para o carro, a gente desce e segue correndo a pé pra dentro da favela. Quero ver eles pegar nós. Eles vão ter que descer do carro também, mano. E essa vila aí é gigante, vamo atravessar e sair lá do outro lado.

— Sereno, vamo fazer isso aí, então.

Bah, fizemo a curva da 5 voando, daí começemo a descer a lomba, e em seguida ele freou afu e entrou com o bico do carro no bequinho do lado do colégio. Daí, ali ele parou o carro e nós descemo. Mas as coisa não saiu bem que nem eu tinha pensado. Os porco chegaram ali mais rápido do que eu tinha calculado. E enquanto a gente corria pra dentro do bequinho, os porco já tava descendo da viatura e vá chumbo na gente. Eu vi que eles chegaram rápido e pá, mas pensei que eles não iam atirar. Pensei que eles não iam atirar porque o beco desce, e eles tava atrás de nós, e isso significa que se eles atirasse em nós e errasse, os tiro tudo iam pegar nas baia ali embaixo, baia de gente que não tinha nada a ver com o bagulho. Eu fui muito trouxa de pensar que eles iam ter essa preocupação com aquela gente fodida que mora ali. Sentaram o dedo na gente e foda-se todo mundo! Erraram os tiro tudo, e os tiro tudo pegando nas baia ali embaixo, furando as parede, pegando nas roupa dos varal, pegando nos vidro das janela. Com o barulho dos tiro, o pessoal tudo correndo pra dentro das baia, e eu e o meu mano descendo o beco correndo.

O beco quebra pra esquerda e pá. Quando a gente dobrou, eu tive uma ideia, mas não dava tempo de explicar no meio da correria. Em vez de seguir correndo pelo beco, eu pulei um muro dum pátio. Até tentei chamar o meu mano pra ele vir comigo.

— Ei!

Mas tu fica surdo nessas situação aí. Tu fica cego e surdo. Ele seguiu correndo pelo beco, pra dentro da favela. Eu não. Eu pulei o muro. E meio que me fodi, porque do outro lado do muro o chão não era reto. Era tipo uma ladeira, dentro do pátio. E eu só descobri isso depois que eu já tinha pulado pra lá. Caí pisando em falso, torci o pé, rolei pela ladeira, dei com os corno numa pilha de tijolo. Eu não sabia o que doía mais, se era o pé ou a cabeça. Me levantei. Eu tinha pouco tempo pra agir. Eu tinha pouco tempo pra me enfiar em algum buraco e me esconder. Logo os porco iam dobrar no beco também, e certamente iam dá um bico por cima do muro, e iam me pegar ali cagando. Primeiro, eu olhei em volta pra ver se algum morador tinha me visto. Mas não tinha vivalma por ali. A porta da baia tava fechada. As janela tava aberta, mas não tinha ninguém à vista. Daí eu vi que eu podia me enfiar embaixo da baia. Porque, tipo, o terreno era uma ladeira, certo?, e a baia, construída com o chão reto, como toda e qualquer baia, a baia tinha um espação embaixo, justamente porque o terreno era uma ladeira. Então eu me arrastei pra baixo da baia e pá. O fedor ali era insuportável. Acho que os cachorro e os gato da redondeza deviam cagar e mijar ali embaixo. Muito provavelmente eu tinha me arrastado num monte de cocô de gato e cachorro, eu devia tá com os pano tudo cagado, mas tava escuro demais ali, não dava pra ver porra nenhuma.

Eu fiquei ali um tempão. Ouvi uma pá de tiro, tudo soando lá adiante. Isso me tranquilizou, por um lado, mas me preocupou, por outro lado. Fiquei tranquilo porque percebi que os porco já tinham passado batido por mim e já tavam lá pra dentro da favela. Mas fiquei preocupado porque se eles tavam sentando o dedo, era sinal que tavam vendo o meu mano, e tavam tentando matar ele.

— Que horror, meu Deus...

— Gente, onde isso vai parar?

— Pra onde eles foram?

— Ah, eles passaram correndo aí na frente... Ó! Ó! Mais tiro. Tá ouvindo? Eu acho que eles tão perseguindo alguém. Ó! Ó os tiro! Meu Deus...

— Cadê a Marcelina? Ela não tinha ido lá na Luísa?

— Eu vou lá ver se eu acho ela...

— Tu não vai a lugar nenhum, guri! Te aquieta aí! Ora! Tá pensando o quê? Tá pensando que tem peito de ferro? Os porco dando tiro pra tudo que é lado e tu quer ficar desfilando? Ó! Ó os tiro! Ó os tiro!

— Mas agora eu fiquei preocupado com a Marcelina...

— Seu João! Corre aqui, seu João!

— Oi!

— Por acaso o seu filho não foi com a Marcelina lá na Luísa?

— Não, o Artur tá aqui, tá no banho... O que que foi esses tiro, ceis sabem?

— Foi os porco, foi os porco, tão atrás de alguém...

Tudo isso era a conversa da família daquela baia mais o pessoal da baia do lado. E eu ali embaixo, só ouvindo tudo. As pessoa foram saindo da baia pra fofocar quando perceberam que o perigo já tinha passado dali, quando perceberam que o perigo já tava lá adiante, lá pra dentro da favela. Tinha mais gente chegando pra fofocar.

Eu conseguia ouvir os passo e as voz, eu conseguia ouvir as conversa tudo, e eu ali, escondido feito bicho, embaixo da baia. Ninguém ia me procurar ali. Eu só torcia pra não aparecer um cachorro. Imagina! Ia começar a latir, ia me denunciar!

Eu precisava ficar ali até a poeira baixar. Eu não podia fazer barulho. Eu não podia falar nada. Eu só podia pensar, naquela escuridão, no meio daquele fedorão todo. E eu fiquei pensando nessa viagem mesmo, nessa viagem de eu ali, feito um bicho. O que que tem no mundo que faz as pessoa se tratar feito bicho? Eu tratei a tia que nem bicho. Eu amarrei ela com arame, tapei a boca dela com fita e deixei ela no porta-malas, feito bicho. Agora era a minha vez: os porco tavam me caçando, feito bicho. E eu tava ali embaixo daquela casa, feito bicho. O que que tem no mundo que as pessoa se trata que nem bicho?

Só saí de baixo daquela baia no meio da madrugada, horas depois de ter me enfiado ali. E, como eu tinha imaginado, os meu pano tava tudo cagado. Mas pelo menos eu tava a salvo. O meu mano, eu não sabia se tinha se salvado. Mas no outro dia eu ia descobrir. No outro dia eu ia ficar sabendo se ele escapou, ou se morreu, ou se foi preso. Naquela hora ali, voltando a pé pra vila Sapo, eu só pensava em tomar um banho. Banho e depois cama. E no outro dia eu ia dar um abração na minha coroa. Eu tinha que abraçar ela enquanto eu ainda podia. Agradeci pra Deus por ter me livrado da cana e da morte, mais uma vez. E fiz uma promessa pra mim mesmo: na próxima vez, eu ia levar bala no ferro, que era pra poder revidar. E daí nós ia ver quem é que ia matar quem!

Rosa-bebê

Não faz tanto tempo assim que os telefones celulares tinham tamanho e peso de tijolo, custavam uma dezena de salários mínimos e só serviam para ligações e torpedos. Dos computadores, então, nem se fale. O máximo que se podia esperar daqueles artigos de luxo era que não travassem ao se executar o reprodutor de músicas e o joguinho de cartas ao mesmo tempo. E muita gente ainda tinha em casa uma daquelas televisões pré-históricas nas quais se trocava de canal aos beliscões, por meio de um botão giratório que mais parecia uma fechadura de cofre.

É curioso saber que nada disso jamais voltará à voga. É curioso ter consciência dessa irreversibilidade da evolução tecnológica. Sim, é curioso, porque, em contraste, o desenvolvimento humanitário nem de longe se sustenta com a mesma facilidade e firmeza. Por alguma razão misteriosa, tudo o que é amplamente reconhecido como avanço em favor da condição humana, tanto no âmbito individual como no âmbito coletivo, tem sempre de enfrentar forças contrárias e ameaças de retrocesso. Nada oferece resistência à dádiva dos circuitos integrados, nem oferecerá à produção em massa de processadores quânticos, mas a empatia, a sensibilidade, a solidariedade, a benevolência, o amor e tudo o mais que nos eleve acima da barbárie são coisas que estão sempre em apuros, desgastando-se numa luta eterna contra a má-fé e o espírito de porco. A diferença salta aos olhos. A tecnologia é como uma atleta jovem e incansável correndo livre e desimpedida, sem parar, numa maratona sem fim, indo cada vez mais longe sob vigorosos aplausos e gritos de incentivo; a humanidade, coitada, não passa de uma senhora aposentada e enferma da qual ninguém mais quer saber, já com sérias dificuldades para respirar, já com sérias dificuldades para ouvir, já com sérias dificuldades para ver, já com sérias dificuldades para seguir em frente, às vezes levada de volta para trás por qualquer vento mais forte; uma senhora que ninguém em sã consciência apostaria que possa chegar viva até a próxima esquina.

E, um dia, eu a vi tropeçar.

Não sou um tolo. Sei bem que mesmo naquela época mais amena o tropeção que presenciei já não poderia ser classificado como um evento extraordinário. Entretanto, peço ao leitor que não minimize a gravidade do ocorrido. Lembre-se de que tomar conhecimento da tragédia através do telejornal, ou por meio de um texto como este, é muito diferente de testemunhá-la. E eu a testemunhei. Sim, a testemunhei, e antes não a tivesse testemunhado. Meu trauma é perpétuo. Mesmo hoje em dia sou incapaz de observar por mais de dois ou três segundos qualquer coisa que seja rosa bebê. Meu coração acelera, me falta o ar, chego a suar frio. É a cor do meu pânico e do meu desespero.

Tudo começou num fim de tarde, quando um carro desconhecido invadiu a praça da vila Sapo e ali estacionou bruscamente, atraindo o olhar de quem passava. Dele saíram homens armados e exaltados, envoltos numa aura maligna. Lembro de um amigo meu inspirando o ar ruidosamente, em sinal de susto, e emendando:

— Óia aí!

Não tenho dúvida alguma de que lhe ocorria o mesmo que ocorria a mim: guerra. Aquilo só podia ser um ataque-surpresa, e dentro de poucos instantes estaríamos no meio de um terrível fogo cruzado. No entanto, ao nos precipitarmos para tal conclusão, estávamos enganados. O que se passava, de fato, era algo que não pudemos decifrar num primeiro momento.

Os homens correram para o fundo da praça e estacaram junto à cerca, olhando ao redor. Pareciam estar à procura de alguém.

— E aí, cadê? Num era aqui que tu disse que ele ia aparecer?

— Se ele se enfiou no meio do mato lá pelo lado do Cortiço, só pode sair aqui, ué.

— Nada a ver. Também dá pra sair lá em cima, na Faixa.

— É, só que lá tem gente. No Cortiço também tem gente. Só aqui que num tinha gente.

Não demorou a surgir uma viatura da Brigada, vindo da Vilinha, e isso me pôs novamente em estado de alerta, pronto a correr para qualquer lado. Afinal, imaginei que os policiais estivessem prestes a tentar conter os sujeitos, ação essa que teria tudo para resultar em troca de tiros. Contudo, isso não aconteceu. Os homens da lei nem mesmo se deram ao trabalho de parar o veículo. Apenas passaram bem devagar. Passaram olhando. Viram as armas em punho. Viram a animosidade. Viram a intenção diabólica desenhando-se a céu aberto. Viram tudo. Nada fizeram. Já deviam saber. Já deviam estar plenamente a par daquela situação medonha, que permanecia ainda um mistério tanto para mim como para o meu amigo, mas que — não podia ser mais evidente — encaminhava-se a um desfecho absolutamente infeliz. Sim, já deviam saber. Já deviam saber, e fizeram vista grossa. Já deviam saber, e lavaram as mãos. Já deviam saber, e foram embora.

Logo a Guaíba estava cheia de gente. Panelas foram esquecidas ao fogo, banhos foram interrompidos, televisões foram deixadas falando sozinhas: não houve quem não saiu do lar para tentar descobrir o que estava acontecendo na rua. Depois, até mesmo pessoas vindas de outras vilas começaram a aparecer, movidas pelo desejo sombrio de ver de perto a tragédia que se anunciava: veio gente da Nove, veio gente da Serra, veio gente do Mangue. Nunca antes na história da vila Sapo um ajuntamento tão numeroso como aquele formara-se em seu interior. Não fosse tão carcomido o asfalto da Guaíba, não fossem tão imundas suas calçadas, não fosse tão sofrido o rosto da multidão ali aboletada, não fossem tão sarnentos os cães que corriam por todo lado, não fossem tão humildes as casas ao redor, não fosse aquele pedaço de mundo tão desprovido de glamour, tão inóspito, tão abandonado, tão afastado das notícias importantes, não fosse tudo isso, qualquer um poderia jurar que esperava-se naquelas redondezas a aparição do maior astro de rock de todos os tempos, ou talvez a aparição do próprio papa. E pouco a pouco a noite foi caindo sobre todas as hipóteses levantadas, sobre o falatório, sobre as informações desencontradas, sobre os boatos, sobre os palpites, sobre o diz que me diz que.

As buscas prosseguiam. A vila Sapo era vasculhada palmo a palmo, beco a beco. Ainda que a maior parte das pessoas estivesse por ali na qualidade de plateia, não era possível contar todos os homens e mulheres que faziam questão de participar da caçada, munidos de barras de ferro, facões, pás, madeiras ou qualquer outra coisa que servisse para matar. Tinham adentrado o matagal: luzes de lanternas se cruzavam no breu que envolvia as árvores. Também procuravam nos pátios, debaixo das casas, em cima das casas, dentro das casas: ninguém se atrevia a barrá-los. Eram momentaneamente a autoridade e não descansariam enquanto não vissem sangue.

Eu devia ter imaginado desde o começo: não havia desumanidade da qual não seriam capazes aqueles justiceiros, porque contavam uns com os outros, e eram muitos. O que um coração cruel e covarde mais quer, mais deseja, mais espera é justamente a oportunidade ideal para aliar-se a outros corações igualmente cruéis e covardes, de modo que possa regozijar-se na prática atroz sem o medo de ser execrado sozinho.

De repente, a gritaria.

— Óia lá!

— Lá vai ele, lá!

— Pega!

— Segura!

— Para, safado!

— Agarra esse pau no cu!

— Não corre, filho duma puta!

Foi uma explosão de vozes ensurdecedora. Gelei. Não sabia para qual lado olhar, até que as pessoas se movimentaram em direção à entrada da Vilinha. E dali saiu às carreiras um infeliz, já lavado de sangue e com a camisa em frangalhos, alguns dos justiceiros atrás, prestes a alcançá-lo. Os perseguidores, olhos arregalados, dentes arreganhados, narinas dilatadas, rosto distorcido pelo ódio, já não apresentavam qualquer traço que permitisse diferenciá-los de animais. Tiros eram dados para o alto para intimidar o fugitivo, que todavia seguia correndo como louco, desviando daqueles que saltavam da plateia para tentar segurá-lo.

No entanto, logo um chute anônimo acertou-lhe as pernas, fazendo-o estender-se de pronto no asfalto. E foi nesse momento que o meu amigo correu para casa, a fim de evitar a cena seguinte. Eu sabia que deveria fazer o mesmo, mas não podia. Estava petrificado. Minhas pernas não me obedeciam.

Sou péssimo com datas, e portanto não sei dizer ao certo quantos anos eu tinha nessa ocasião. O que sei é que não estava preparado para presenciar tudo o que presenciei. Não estava preparado para ver uma vida ser tirada daquela forma. Não estava preparado para ouvir os gritos de dor. Não estava preparado para ouvir o choro de desespero. Não estava preparado ver dentes sendo cuspidos. Não estava preparado para ver alguém afogando-se no próprio sangue. Não estava preparado para ver alguém ser pisoteado até se transformar num boneco inanimado. Não estava preparado para ver um maxilar sair do lugar a base de pontapés. Não estava preparado para ver um nariz desaparecer sob golpes de barras de ferro. Não estava preparado para nada daquilo! Não estava, não estou, nem nunca quero estar!

Parei de olhar, mas era tarde demais: eu já tinha visto a massa rosa bebê que surgiu quando uma pedra enorme esmagou a cabeça.

Aconteceu amor

Mal pude acreditar quando fiquei sabendo que no posto de saúde davam camisinhas de graça. Parecia bom demais pra ser verdade!

E era.

Depois de perguntar o que eu desejava e ouvir a minha resposta com toda a atenção, aquela mulher diabólica que me atendeu teve o desplante de gargalhar bem na minha cara. O que ela queria, tenho certeza, era que eu me sentisse envergonhado no meio de toda aquela gente que tava ali. Ah!, só que ela não me conhecia! Se os escândalos que a minha família costumava dar nos finais de semana pra entreter a vizinhança serviram de alguma coisa, foi justamente pra que eu não ficasse encabulado por qualquer coisinha.

— Mas, ué! Ceis não dão camisinha de graça? Pois tô pedindo! Cadê?

— Era só o que me faltava! Não vou te dar é nada!

— Ora! E por que não?

— Porque camisinha não é balão. Agora vai, te manda daqui. Te manda, que tenho mais o que fazer.

Não me dei por vencido. Continuei insistindo. E eu teria insistido mais e mais, até ela me dar as benditas camisinhas! Só não fiz isso porque o segurança do posto não deixou. Ele apareceu e me tirou dali pendurado pelo cangote, do mesmo jeito que se faz com um filhote de cachorro indesejado.

— Ah, tira as mão de mim, me larga, me solta, tu não é meu pai, imundície!

Gritei e esperneei sem parar, mas não adiantou nada. O infeliz só foi me largar lá fora, na calçada, e ainda por cima me deu um chute na bunda.

— Vai, vai, vai, anda, anda, te some!

— Tu vai ver só! Vou mandar a minha mãe vim aqui sentar a mão na tua cara! Ela vai te encher de bolacha, tu vai ver só!

Voltei pra vila Sapo engolindo a vontade de chorar. E a vontade de chorar não era por causa da dor na bunda, mas por causa do aperto no peito. Eu tinha prometido pra Marcinha que ia dar um jeito de arranjar as camisinhas; com que cara agora eu ia dizer pra ela que, no lugar das camisinhas, eu tinha ganhado um belo dum pontapé? Não! Eu não podia desistir! Eu precisava arranjar as camisinhas de alguma forma! Fui pra casa tentar pensar em alguma coisa.

Eu tinha ouvido falar, uma vez, que cabeça vazia era oficina do diabo. Mas, na verdade, na verdade *mesmo*, a oficina do diabo era a minha própria casa, quando o meu pai e a minha mãe não tavam por lá. E digo mais: o diabo era eu.

Deitado na minha cama, os braços cruzados atrás da cabeça, fiquei tentando imaginar uma solução pro meu problema. Logo cheguei à conclusão de que tudo o que eu podia fazer era apelar pro desejo de lucro do dono da farmácia. Por mais criança que eu fosse, ele não ia se negar a me vender algumas camisinhas: dinheiro é dinheiro.

Mas essa ideia me trouxe um outro problema: onde eu ia arranjar o bendito dinheiro?

Foi nesse momento que me senti mais agradecido do que nunca por estar sozinho em casa. Devia ter algum dinheiro guardado por ali, em algum lugar: era só questão de procurar. Quando o meu pai e a minha mãe voltassem do trabalho, iam perceber a quantia desaparecida, é claro, e iam saber que fui eu que peguei, é claro, e iam me dar a maior surra, é claro. Mas eu preferia isso do que falhar com a Marcinha.

Vasculhei todas as gavetas da sala sem encontrar nada. Deixei pra ir procurar no quarto dos meus pais só como última alternativa, porque eu sabia que pegar dinheiro *de lá* seria um agravante no meu crime.

Não achei dinheiro no quarto dos meus pais. Achei foi coisa melhor! Bastou eu abrir a porta do roupeiro e pronto: dei de cara com várias e várias cartelas de camisinha! Era tanta camisinha que eu tive certeza que os meus pais não iam nem mesmo dar falta das quatro que eu peguei pra usar com a Marcinha.

Fui pra casa da minha amada com o coração em chamas. Parei no portão e chamei. Na verdade, eu *cantei* o nome dela:

— Marcinhaaaaa...

Cantei, sabe? Usei aquela melodia de suspense, aquela universal, aquela que todo mundo usa quando tá procurando alguém. Tornei a cantar, um pouco mais alto:

— Marcinhaaaaa...

Ela apareceu. Deus do céu, como ela era bonita! Toda vez que eu botava os olhos nela, era uma surpresa. Ela se mostrava sempre mais bonita do que eu conseguia lembrar. Acho que era boniteza demais pra caber tudo na minha memória. Que sorte, a minha, um anjo daqueles gostar de mim!

— Oi, Ronaldo!

— Oi! Adivinha só!

— O quê? Conseguiu as camisinhas?

Fiz que sim com a cabeça, enquanto a Marcinha se aproximava de mim, no portão. Aí, de repente, o sorriso que ela trazia no rosto sumiu. Eu percebi que ela tava insegura. Pressenti que tava prestes a me dizer que tinha desistido de tudo.

— O que foi, Marcinha?

— Não sei se é uma boa ideia — ela murmurou, abrindo o portão.

Eu peguei nas mãos dela. Ela baixou a cabeça. Eu também baixei um pouco a cabeça, tentando olhar nos olhos dela. Ela voltou a levantar a cabeça, pra ficar mais fácil de a gente se olhar nos olhos. Aí eu fiquei encarando ela um tempo, em silêncio. Depois, eu disse:

— Confia em mim.

O sorriso dela apareceu de novo.

— Tá bom. Eu confio. Vamos fazer.

Três da tarde daquele mesmo dia. Um sol de rachar. A vila Sapo deserta. Eu e a Marcinha escondidos atrás do muro da praça. Vindo do Centro, o ônibus desceu a Guaíba, reduzindo a velocidade, e parou bem na frente da praça, pra desembarcar alguém. Todas as janelas do ônibus tavam escancaradas, por causa do calor. Eu e a Marcinha saltamos de trás do muro. Nós dois estávamos armados. Armados com uma camisinha cheia d'água em cada mão. Era hora de se divertir.

O primeiro tiro fui eu que dei. Joguei uma das minhas camisinhas no para-brisa do ônibus, bem na frente do motorista, pra ele tomar um susto e ficar sem saber o que fazer. Gastei a minha primeira bomba assim por estratégia: eu queria atrasar a saída do ônibus. Funcionou. O motorista botou a cara pela brecha da janelinha pra ficar me xingando. Eu até pensei em tentar acertar a minha segunda bomba na cara dele, mas resisti a essa tentação, porque aquela janelinha era muito pequenininha, ia ser difícil eu conseguir acertar a cara dele. Enquanto isso, a Marcinha tentou acertar lá dentro do ônibus, jogando uma das camisinhas dela numa das janelas dos passageiros. Foi um bom tiro, mas faltou um pouco de sorte: a bomba bateu na borda da janela, explodindo antes da hora. De qualquer forma, não foi um desperdício total: respingou um pouco de água lá pra dentro, molhando a tia que tava sentada naquela janela, e a tia ficou louca!

Os passageiros perceberam que tavam sob ataque e ficaram tentando fechar as janelas, desesperados. Foi tudo em vão. Qualquer um sabe que é impossível fechar as janelas dos ônibus. Eu e a Marcinha jogamos cada qual sua última camisinha praticamente ao mesmo tempo. Foi lindo de ver. Pra mim, pareceu que foi tudo em câmera lenta. As duas bombas entraram uma atrás da outra pela mesma janela. A primeira atingiu em cheio um cara bigodudo que tava de pé; a segunda pegou num daqueles ferros que servem pros passageiros se segurarem, explodindo e espalhando água pra todo lado, molhando todo mundo!

Lá dentro do ônibus, os passageiros gritavam e gritavam todos ao mesmo tempo, indignados; do lado de fora, a gente se acabava de tanto rir.

Mas no momento seguinte, bateu o medo. O ônibus foi embora e aí a gente percebeu que o cara bigodudo que tinha sido atingido em cheio por uma das bombas desembarcou ali, só pra tentar nos pegar! A gente correu pro fundo da praça. E ele, encharcado e botando fogo pelas ventas, veio correndo atrás.

— Pera aí! Ah!, ceis vão ver só!

Lá no fundo da praça, eu ajudei a Marcinha a pular a cerca, e depois pulei também. Agora a gente tava dentro do valão — a grande vala de esgoto a céu aberto que tinha atrás da praça. A água escura, fedorenta e cheia de cocô passava lambendo os nossos pés descalços. O bigodudo com certeza não ia se dar ao trabalho de pular a cerca e vir atrás da gente. Mas, mesmo assim, a gente ainda não tava a salvo. Lá do outro lado da cerca, o infeliz já olhava ao redor, procurando alguma coisa pra jogar em nós.

— Vem, vem, vem! — eu disse, pegando na mão da Marcinha e levando ela comigo.

A gente se abaixou bem abaixadinho e foi indo por baixo das moitas, costeando o paredão vertical do valão. Agora o bigodudo já não podia mais ver a gente, muito menos jogar qualquer coisa em nós.

A Marcinha era muito esperta. Olhando pro chão e vendo que já tinha algumas pegadas no nosso caminho, ela comentou, meio assustada:

— Tem gente que passa por aqui, Ronaldo!

— É, eu sei.

Um pouco mais adiante, testemunhei com prazer toda a surpresa que surgiu no rosto dela. Ela parecia que não acreditava no que tava vendo. Agora a gente já tava de pé. Ali, naquele lugarzinho escondidinho, dava pra ficar de pé muito bem, porque já fazia tempo que eu e os meus amigos tínhamos podado o teto feito de folhas e galhos emaranhados, antes muito baixo. Além disso, agora a gente tinha espaço ao nosso redor, porque já fazia tempo que eu e os meus amigos tínhamos escavado o paredão vertical do valão, criando aquela sala que tinha levado vários meses pra ficar pronta.

— Bem-vinda ao Clube, Marcinha.

A Marcinha tava com a boca escancarada, e com os olhos cravados nos bancos.

— Meu Deus! Então foi isso que aconteceu aquela vez, quando a praça amanheceu sem os bancos e ninguém sabia onde tinham ido parar!

— Pois é.

— Foi tu que fez isso aqui, Ronaldo?

— Eu e os guri. E eles não podem *nem sonhar* que eu te trouxe aqui, então, por favor, nunca conta *pra ninguém* sobre esse lugar. Tá bom?

Ela fez que sim com a cabeça e se sentou num dos bancos. Depois, apontou pros vestígios do fogo e perguntou:

— Que é isso?

— A gente assa passarinho e preá aqui.

— Pra quê?

— Pra comer, ora!

Me arrependi de falar sobre isso. Ela ficou horrorizada.

— Ai, meu Deus, que nojo!

Eu ri, todo sem jeito. E, no momento seguinte, tomei um susto. Acho que foi o maior susto da minha vida. Tinha uma enorme duma cobra bem do meu lado, se preparando pra atacar. Foi só o tempo de eu dar um pulo lá pro lado da Marcinha e o bicho deu o bote, errando a minha canela por um osso de grilo.

Não sou nenhum covarde; só que, por alguma razão, sempre tive muito medo de cobras. Aranhas e escorpiões nunca me assustaram, por maiores que fossem, mas as cobras me deixavam em pânico.

Abracei a Marcinha, tentando ficar na frente dela. Eu precisava proteger a minha amada, nem que pra isso eu tivesse que levar uma picada de cobra por ela. E o pior era que devia ser uma cobra venenosa. Pelo que eu sabia, só as cobras verdes não tinham veneno. Mas aquela não era verde. Aquela era marrom! Aquela era marrom, grande e terrível! E tava vindo pro nosso lado!

Me surpreendi quando a Marcinha saiu dos meus braços, dispensando a minha proteção. E me surpreendi ainda mais com tudo o que ela fez em seguida. Primeiro, ela deu um pulo, esticando a mão pra cima, e assim arrancou um galho fininho do teto do Clube. Depois, deu um passo pra frente e se abaixou, ficando cara a cara com a cobra. Aí, esticou o galho e ficou mexendo prum lado e pro outro, bem na frente daquele bicho dos infernos, provocando o bicho, atiçando o bicho, até que o bicho deu o bote e mordeu o galho! Foi nessa hora que a Marcinha puxou o galho pra cima, fazendo a cobra ficar pendurada. E como se tudo isso já não tivesse sido a maior demonstração de coragem já testemunhada por mim, ela ainda pegou o bicho pelo rabo e atirou longe, dentro da água do valão, com galho e tudo.

— Pronto! — disse a Marcinha, limpando as mãos uma na outra, como se não tivesse feito nada de mais.

Depois de me salvar da morte certa, a minha amada se sentou do meu lado e ficou me olhando, com um sorriso que me fazia arder por dentro de tão lindo e de tão mágico. Eu simplesmente não sabia o que dizer. Por sorte, não precisei dizer nada. Ela botou a mão na minha bochecha, se inclinou pra cima de mim e me beijou.

Era o meu primeiro beijo.

O episódio do bodoque

Todos os meninos do beco eram intrépidos por natureza — exceto o pequeno Dô.

Ouvidos sempre atentos, olhos sempre desconfiados, postura sempre pronta a dar meia-volta, pernas sempre dispostas a correr, assim aquele pinguinho de gente guardava, desde seus primeiros verões, uma impressionante relação de respeito com os perigos da vida. Via-os sucederem-se aqui e ali como quem observa fogos de artifício: intrigado, seduzido, por vezes mesmo fascinado, mas grato pela distância segura entre eles e seu nariz. Claro que não faltaram amiguinhos para enredá-lo na alcunha de "bunda-mole". Crianças costumam ser cruéis. Contudo, ainda que a cada chacota Dô sentisse vontade de comportar-se como os outros meninos do beco, sua determinação nesse sentido jamais vencia a queda de braço contra seus instintos. Frustração. Frustração que levava a mais chacotas. Mais chacotas que levavam a desejo redobrado de imitar os amiguinhos. Desejo redobrado de imitar os amiguinhos que levava a maior frustração. Bem, desse círculo vicioso para o desenvolvimento de problemas de autoestima ao longo da vida era um pulo. Um pulo que felizmente nunca seria dado. Porque, para a sorte do pequeno, de vez em quando era ele quem ria por último, justamente graças a seus cuidados, e então reforçava, de maneira gloriosa e retumbante, a satisfação com o próprio modo de ser e estar no mundo.

Foi o que aconteceu no episódio do bodoque, por exemplo.

Para início de conversa, Dô não era lá muito fã de bodoques, pois serviam principalmente para caçar passarinhos, e, por mais que se esforçasse, não conseguia compreender a vantagem de abatê-los. Na verdade, abatê-los, expulsá-los da existência, impedi-los de cruzar o azul do céu em voos certeiros, condená-los a jamais cantar ao nascer do sol, tudo isso parecia-lhe mesmo uma estupidez completa, um desperdício injustificável. Desnecessário comentar que não refletia com esses meus termos de marmanjo afetado; aquilo que lhe ia em algum lugar entre o cérebro e as tripas talvez nem fosse propriamente uma reflexão; era antes um sentimento, mais ou menos como o que decerto experimentaria caso testemunhasse alguém jogando um sorvete no lixo, em pleno verão.

Não gostava de bodoques, portanto. Se possuía um — e se, mais do que isso, fazia uso dele quando convidado a caçar passarinhos —, quem, neste mundo de tradições, estaria em posição moral de recriminá-lo? Naquela tarde, quando Lu o chamou para ir praticar a estupidez completa, para ir promover o desperdício injustificável, não foi senão a espada das tradições o que Dô sentiu atravessar-lhe a alma, enquanto dava de mão no bendito bodoque e saía à rua.

O único prazer que conseguia extrair das caçadas era o de ver os amiguinhos atribuírem seu fracasso absoluto ao azar ou à falta de mira, sem jamais suspeitarem que, na verdade, errava os disparos todos de propósito. E Lu, o melhor caçador entre os meninos do beco, talvez fosse o que tivesse menores chances de descobrir seu segredo, já que lhe sobrava em pontaria justamente o que lhe faltava em perspicácia. Não só acreditava piamente na falta de habilidade de Dô como precipitava-se a concluir que aquele devia ser um mal de família.

— A fruta nunca cai longe do pé.

Era o que dizia cada vez que uma pedra disparada pelo companheiro acertava apenas as folhas das árvores, em alusão a uma fofoca antiga, segundo a qual o pai de Dô, poucos instantes antes de morrer em um confronto com a polícia, teria errado seis tiros a pouca distância do policial que alvejava.

— A fruta nunca cai longe do pé.

De tanto Lu repetir o ditado, referindo-se, ainda que de maneira indireta, a uma história que envolvia polícia, aconteceu justamente que uma viatura policial apareceu, como se invocada por ritual satânico. Os ouvidos sempre atentos de Dô não o decepcionaram: foi ao captar o som de freio de mão sendo puxado, quase imperceptível àquela distância, que o pequeno decidiu lançar seus olhos desconfiados para o outro lado da praça, vendo, então, o brasão maligno, o símbolo do horror, estampado na lataria. Na mesma hora, atirou seu bodoque o mais longe que pôde e empenhou-se em recomendar, com sussurros e mímicas, que Lu fizesse o mesmo. Este, porém, a princípio não entendeu nada, e mesmo depois de entender, quando os policiais já adentravam a praça, achou que não havia motivo para imitar o amigo; em vez disso, o que fez foi caçoar dele, com um estalo de língua e uma pequena risada.

— Bunda-mole! Tá vendo como a fruta nunca cai longe do pé?

Entretanto, não foram necessários mais do que uns poucos segundos para que Lu, mesmo com sua pouca perspicácia, compreendesse que estava em maus lençóis.

— E esse bodoque, seu merdinha? — rosnou sem rodeios o policial que vinha à frente. Ato contínuo, olhou dentro dos olhos de Dô. — E tu? Hem? Cadê teu bodoque?

— Não tenho bodoque, não, senhor, não gosto de bodoque.

— Não?

O pequeno tornou a negar, dessa vez limitando-se a sacudir a cabeça, sem dizer palavra.

— Então vai, vai, anda, anda, te some daqui!

Dô obedeceu imediatamente, saindo em disparada. Mas, antes de afastar-se muito, teve tempo de ouvir, às suas costas, o tom particularmente venenoso que o policial adotou ao voltar a se dirigir a Lu:

— Não, não, tu não vai a lugar nenhum! Tu fica aqui, que agora tu vai aprender a não sair estourando lâmpada de poste por aí. E não adianta chorar...

Quando Dô chegou ao outro extremo da praça, já esbaforido, atreveu-se a olhar para trás, por cima do ombro, antes de virar a esquina e seguir correndo para casa. O que viu, de relance, foi o policial segurando Lu no alto, pelo tornozelo, de cabeça para baixo, ameaçando soltá-lo dentro da vala de esgoto, enquanto o menino chorava a não mais poder. Apesar de assustado, Dô logo pegou-se aos risos, sussurrando assim para o vento, enquanto corria:

— Quem é o bunda-mole agora?

Na noite daquele mesmo dia, leitor, lhe digo que esse pequeno sonhou com o pai. E dessa vez o sonho não amenizou apenas a saudade, mas também um outro sentimento, menos definido, embora igualmente amargo. Sorrindo, o homem acariciou o rosto da criança, encarando-a cheio de orgulho.

— Não te preocupa, meu filho. O pai também errava os tiros de propósito.

Um otário com sorte

Contrariando todas as estatísticas, ontem eu resolvi sair da baia e fui dar um rolê. Fui ver a mana. Fazia tempo que eu não via ela. Na real, *sempre* faz tempo que eu não vejo ela. Um minuto depois de eu ver ela, já faz tempo que eu não vejo ela. É assim com quem a gente gosta.

Tem uma lomba piçuda entre a minha baia e a parada do bonde: a lomba que leva das profundezas da vila Sapo até o alto da vila Nova São Carlos. É uma lomba que eu já subo desde que eu aprendi a andar. É uma lomba que eu já subo *bebendo* desde que eu aprendi a beber. E dessa vez não foi diferente: um latão, só pra dar clima. Beber é inevitável, pai. Tem muita coisa, e muita gente também, que simplesmente não dá pra engolir a seco.

Lá em cima, uma mina jamais vista, acabada, uma morta-viva, me abana tremendo.

— Ô cupincha, tu não sabe cadê os guri que ficava aqui?

Ela quer droga. Ela quer pedra. Ela quer a morte. Tem um monte de gente querendo a morte hoje em dia, das mais variadas maneiras. A vida tá fora de moda. Só que os mercadores do tipo de morte que ela quer não tão por ali. Duns tempos pra cá, eles andam sumidos. Teve guerra, e eles levaram a pior. Pelo menos é o que parece: morreu mais gente ali do que do outro lado, e aí os que ficaram vivo sumiram. Mas, enfim, essa é uma novela que todo o mundo sabe que nunca termina de verdade. Eles vão voltar. E se eles não voltarem, algum pessoal a fim de fazer grana vai ocupar o lugar deles, e aí logo tem guerra de novo.

Eu sou um cara inclinado ao sarcasmo. Respondi assim pra mina:

— Tu já deu um bico ali no salão, pra ver se eles não tão ali cortando o cabelo?

Mas a mina não curte sarcasmo.

— Ah, se foder, na real, tá até me pegando!

Eu sigo. E, véio, qual é a probabilidade de tu chegar na parada do bonde no *exato instante* que o teu latão acaba, no *exato instante* que o bonde tá chegando, de modo que tu simplesmente faz sinal pro bonde, toma o último gole da ceva, joga o latão no lixo e embarca no bonde, tudo assim, com precisão milimétrica? Foi a minha proeza. E olha que não era qualquer bonde, esse que eu peguei: era o melhor que eu podia pegar pro lugar que eu tava indo: era o R32.1, que passa com a mesma frequência que acontece um eclipse.

E aí, pá: um dos bancos tá vomitado. Fazia tempo que eu não via uma nojeira dessa. Mas não foi uma surpresa: era sábado, e aquilo devia ser obra de alguém que tinha voltado bêbado do baile, de manhã cedo. O fato de o vômito já estar seco corroborava o meu raciocínio. Só o que eu não conseguia entender era por que não tinham dado um jeito de limpar aquilo. Aquela porra já devia estar ali há mais de oito horas, e o bonde seguia circulando pela cidade sem problema nenhum. Bom, pensando bem, o descaso não é tão misterioso assim. É bonde do

Pinheiro. Isso jamais teria sido admitido num T9 da vida, por exemplo. Jamais teria sido admitido porque, enfim, o T9 passa na PUC, passa no Petrópolis, passa na Bela Vista, passa até no Moinhos, se não me engano: muita patricinha, muito playboy, muito universitário, muita gente de bem, muita gente decente pega o T9. Não pode ter vômito num T9 da vida. Mas num bonde do Pinheiro é sereno, não tem problema.

O bonde tá vazio. Eu sento lá na cozinha, bem no meio. O cobrador me olha de tempos em tempos, pra ver se eu ainda não tirei uma pistola da cintura. Eu entendo ele. Não condeno ele. É sábado, tá tudo morto, não se vê polícia em lugar nenhum, eu subi na 12 do Pinheiro e não existe nenhuma diferença entre a maneira como eu me visto e a maneira como se veste um ladrão, assim como não existe diferença nenhuma entre a maneira como eu caminho e a maneira como caminha um ladrão. Eu, na real, *sou* um ladrão. Um ladrão ou um traficante: é só escolher. Eu só não roubo nem trafico; tirando esses pequenos detalhes, eu sou um ladrão ou um traficante. Eu entendo o cobrador, que não para de me olhar; eu entendo a polícia, que vive me dando paredão; eu entendo as madames, que atravessam a rua bem ligeiro quando botam os olhos em mim.

Dois piá sobem no bonde, se agarrando no pau, de frescura. Disputam pra ver quem vai passar por baixo da roleta primeiro. Alegres, tá ligado? Felizão pra caralho, os dois, dando risada afu e pá, no maior arreto. Deviam ter uns nove ou dez anos. Subiram pra pedir, tava na cara, mas tinha tão pouca gente no bonde, que não pediram nada pra ninguém. Vieram sentar perto de mim.

— Que hora é, tio? — me pergunta um deles.

Eu odeio que me perguntem as horas. O meu relógio é só um adorno. Eu uso a porra do meu relógio pelo mesmo motivo que eu uso o meu boné, ou pelo mesmo motivo que alguém usa brinco: nenhum. É só um enfeite, o meu relógio. Não funciona faz tempo, e nunca me sobra dinheiro pra mandar arrumar. Por isso, eu tenho que puxar o celular pra poder ver as horas. E isso deixa na cara que a porra do meu relógio é inútil. Não gosto que me perguntem as horas.

— É duas hora agora.

— Por que tu não olha no relógio, tio?

— Porque não funciona.

— Então pra que tu usa essa merda aí? — O guri era abusado.

— Pra bonito.

— Me dá ele, então?

Eu boto a mão no meio das pernas e digo:

— Eu te dou isto aqui, ó.

O outro piá se mata de rir da minha resposta e, por isso, o que me perguntou as horas se irrita.

— Do que tu tá rindo? — diz ele, e dá um soco no amigo. Um soco com força.

O outro estala os beiços.

— Ah, é? — E devolve o soco. — O que tu tá pensando? Quer ver que eu te mato? Faço a tua cabeça atravessar esse vidro!

Mas foi só um soco pra cada um. Depois disso, ficaram só se ameaçando.

— Cuzão! Tu sabe que na Bento, é tudo comigo. Quer ver que eu não deixo mais tu pedir na Bento?

Achei curioso ver o guri falar isso. Claro, era dois piá de merda, e nenhum deles mandava em porra nenhuma, mas aquela bravata não podia ter surgido do nada. Acho que eles se espelham em coisas que veem os mais velhos dizendo e fazendo por aí. Ou seja, entre os mais velhos que pedem esmola no bonde, ou que vendem bala no bonde, essas coisas, me parece que deve ter alguma espécie de divisão de setores da cidade, e alguns grupos devem se adonar desses setores, como acontece no tráfico de drogas. Tipo, se pá tu não pode simplesmente começar a vender bala ou pedir esmola nos bonde que passam na Bento: tu precisa ter a permissão do pessoal que é dono da Bento, se não eles se pá te espancam, ou te matam, sei lá. Eu nunca tinha pensado que podia existir algo assim no submundo de quem pede esmola ou vende coisa no bonde.

— Quanto ceis ganham pedindo? — pergunto, sinceramente desejoso de saber.

— Ah, dá pra tirar uns quatrocentos, quatrocentos e cinquenta por dia, por aí. Tem vez que tá foda, e o cara pega só trezentos.

Eu não acreditei. Se aquilo fosse verdade, os guri tavam rico.

— Porra, ceis tão melhor que eu, então. Me apoia um galo aí.

Uma das piores coisas que existem na vida é ser pego na própria armadilha. O guri botou a mão no meio das pernas e disse:

— Eu te apoio isto aqui, ó!

Os dois ficaram rindo. Eu também ri. O guri era uma águia. Hoje em dia, toda criança já tá voando, é impressionante. Eu, na idade daquele pentelho, não podia nem andar de ônibus sozinho por aí, e não tinha nem uma fração daquela malandragem que ele já tinha.

— Ah, se foder com essa tua minhoquinha aí, que tu usa só pra mijar! — eu disse, brincando.

O outro guri riu do que eu disse, e aproveitou pra folgar também:

— Pior que é, tio! Esse aqui não come ninguém!

— Quem não come ninguém é tu!

De uma hora pra outra, eles começaram a se peitar e se ameaçar de novo, os dois falando um monte de coisa ao mesmo tempo, ficando cada vez mais irritados um com o outro. E dessa vez a coisa foi ficando mais séria. Eu percebi que eles iam acabar brigando de verdade. Teve alguns sinais de que isso ia acontecer, tá ligado? Dá pra sentir, sei lá. E eles me pegaram pra juiz, na real. A cada ofensa que um fazia pro outro, me olhavam, pra ver o que eu tava achando. Daqui a pouco começaram a se empurrar, e a cada empurrão, me olhavam, pra ver o que eu tava achando. Eu não queria ver eles brigarem às ganha, na real.

— Que porra é essa, meu? Ceis vão brigar mesmo? — falei bem sério.

Eles pararam. Ficaram até sem jeito quando viram que eu não aprovava a briga deles. Foi uma surpresa pra eles. Ou pelo menos pareceu que foi. Se pá eles acharam que eu queria mais era ver eles brigarem pra ver quem ia ganhar, ver quem era mais machão. Mas eu nunca tive interesse em rinhas de nenhum tipo. Eles ficaram me olhando, esperando eu dizer mais alguma coisa. E eu disse:

— Olha aqui, meu, olha bem o que eu vou dizer pra vocês: tá todo o mundo contra vocês, tá ligado? Ceis sobem nos bonde aí, e o pessoal não gosta muito. Ou ceis acham que o pessoal gosta? Tem um monte de pau no cu por aí, mano, gente que não quer que vocês façam o corre de vocês. Aí tem mais a polícia, que também não gosta de vocês, e que vai gostar ainda menos quando vocês crescerem. Então, resumindo, é o mundo contra vocês, mano. Pra apoiar vocês, não vai ter ninguém. E aí ceis vão ficar brigando, ainda? Não, mano! Ceis têm que se unir, ceis têm que ficar junto e de boa, ceis têm que um apoiar o outro. Aperta as mãos aí, quero ver. Vamo, aperta as mãos.

Eles não queriam se apertar as mãos. Ficou cada um virado prum lado, de braços cruzados. Eu continuei:

— Ei, ei, ei, ficar brabão é barbada. Isso aí qualquer um faz. Quero ver quem se rende primeiro. Quero ver quem pede desculpa primeiro. Isso, sim, que é ruim de negócio.

A psicologia reversa ainda funciona, pelo menos com crianças. Eles se apertaram as mãos, e se pediram desculpas.

Cinco minutos depois, foi como se nunca nenhum desentendimento tivesse acontecido. Os dois tavam gargalhando e apontando pela janela, mostrando coisas e pessoas um pro outro. Essa capacidade de deixar tudo pra lá, de uma hora pra outra, é uma das tantas coisas que nunca deviam se perder na transição da infância pra vida adulta.

Eles desceram na Redenção — não sem antes apertar a minha mão.

— Valeu, tio!
— Valeu, tio!

E eu desci duas ou três paradas depois, naquela porra daquele colégio, que eu nunca lembro o nome, mas que é do outro lado da Redenção, antes do R32.1 chegar no túnel.

Vinha vindo uma playboyzada. Uns quatro ou cinco cara, mais duas mina no meio. Eles tavam distraídos, conversando e rindo e pá. Um dos cara me viu, e adivinha o que aconteceu? Naquele exato instante ele se lembrou que, de acordo com o lugar que eles tavam indo, era melhor atravessar a rua. Ele botou a mão na frente dos outros, pra que eles atravessassem a rua, como quem diz "é por aqui que a gente tem que ir, lembra?". Os outros inicialmente não pareciam dispostos a atravessar a rua, mas bastou que me vissem também pra lembrarem que era melhor mesmo ir pelo outro lado da rua. Atravessaram.

Como eu disse antes, eu entendo essa gente. Mas eu fico pensando, pai: Porto é uma porra. Se tu quer conhecer Londres e não tem dinheiro, é só vir pra Porto, principalmente em agosto: frio, céu nublado, garoa vaivém, gente metida pra caralho pra todo lado: Londres.

Do outro lado da Osvaldo, apareceu um cara da minha laia. Ele tava segurando uma caixinha de bala, ou sei lá que porra era aquela. Era um vendedor e pá.

— Ô meu padrinho! — ele gritou, mas com um baita dum sorrisão na cara. Ia me morder um cigarro, lógico. Eu soube disso antes mesmo dele me chamar. É foda, eu tava fumando. — Só tu pra me salvar, sangue bom! Me apoia um cigarro dos teus aí!

Era o tipo de figura que assusta a burguesada. Na real, tudo nele era meio assustador. Falava gritando, tava mal-vestido, fedendo. Até o sorrisão dele era intimidador. Mas ele não tinha a menor intenção de me intimidar, no caso. Ele me reconheceu como um igual. Me reconheceu como o otário com sorte que eu sou. Me reconheceu como o fodido que eu sou: um fodido que só tinha um pouquinho mais de sorte que ele, e que por isso não precisava (*ainda* não precisava) andar por aí vendendo bala.

Dei um cigarro pra ele.

— Tem a brasa?

— A brasa eu tenho, padrinho, a brasa eu tenho. Valeu, vai com Deus.

Tem um montão de mendigo morando ali, naquele trecho entre a Osvaldo e a Independência. Eu nunca tinha passado por ali a pé. Fiquei olhando os mano ali, tudo atirado. Era vários, cara! Que porra do caralho ver aquilo ali. Se tu é decente, tu não fica em paz vendo aquilo ali! A maioria preto. Eu lembrei dum trecho da música "Eu sô função", que o Dexter canta com o Mano Brown:

Não vejo nada
Não vejo fita dominada
Eu vejo os pretos sempre triste
Nos canto do mundão

Às vezes, bate uma vontade de fazer justiça, pai! Mas eu tô esperto, eu não quero morrer mal. Quem faz o certo, o certo *mesmo*, sempre morre mal depois. Já é assim desde Jesus. Na real, já é assim desde *antes* de Jesus. Sempre foi assim, na real.

Na Independência, mais um cigarro. Ou melhor, *menos* um cigarro.

— Meu filho, tu tens um cigarrinho?

O véio tava com frio, tava encolhido, tava de manguinha. Tava por ali cuidando os carros e pá. Um flanelinha. Outro náufrago da existência, que nem diz o Machado. Um otário com menos sorte que eu. Vendo eu catar o cigarro de boa vontade, ele se alegrou e disse:

— Bah, guri, e esse frio, hem?

— Uma porra, esse frio. Vou te dizer, véio: eu queria tá em casa agora, peidando embaixo das cobertas.

Ele riu.

— Quem não quer?

— Tem a brasa?

— Tenho, sim, obrigado. Olha aqui: feliz dia dos pais pra ti amanhã, se tu é pai. Se não, feliz dia dos pais pro teu pai.

— Valeu. O mesmo pro senhor.

Comprei outro latão num boteco da Cristóvão. Comprei já sabendo que ia me arrepender de comprar. É que eu não gosto de aparecer pra encontrar a minha irmã já com um latão na mão; não gosto, embora isso acabe acontecendo com uma frequência impressionante, de qualquer jeito. E como agora eu já tava perto do lugar que a gente combinou (a gente combinou na frente do Shopping Total), eu ia acabar aparecendo na frente dela ainda com esse latão recém-comprado na mão. E eu não gosto disso. Não gosto porque sei que ela não gosta.

Mas, como eu previa, foi o que acabou acontecendo, mais uma vez: eu apareci com o latão na mão.

Quando eu encontro a minha irmã depois de algum tempo sem ver ela, ou quando eu encontro a minha mãe depois de algum tempo sem ver ela, ou quando eu encontro algum bom amigo ou alguma boa amiga depois de algum tempo sem ver ele ou ela, me vem na cabeça a ideia de terra firme. É que andar por aí, entre pessoas estranhas, ou entre pessoas com quem a gente não tem tanta intimidade assim, isso implica em fingir o tempo todo, representar. Tu nunca quer mostrar como tu realmente é pra qualquer um. Tu só mostra quem tu realmente é pras pessoas com quem tu te sente à vontade; quando tu não tá com pessoas assim, tu fica constantemente ocultando o teu jeito de ser e pá. E isso cansa, pai. Isso cansa, como remar pra se locomover no meio do oceano — ou, mais apropriadamente, cansa como bater braços e pernas pra se locomover no meio do oceano. Daí a ideia de terra firme: uma vez na companhia de alguém com quem tu te sente à vontade, aí já era, tu não precisa mais ficar te esforçando, te ocultando, tu não precisa mais fazer nada: tu tá em terra firme, é só relaxar e se deixar *ser*; mais nada.

E ali tava a mana, pai: terra firme!

Às vezes eu fico pensando... Do meu barraco de pau caindo aos pedaços, lá na vila Sapo, até o imponente e magnífico Shopping Total, no bairro Floresta, levou só uma hora. E o que é uma hora, perto duma vida inteira? Uma hora não é porra nenhuma. E nessa hora que passou na ida pra eu ver a minha irmã, não aconteceu absolutamente nada de especial; não aconteceu nada que não possa acontecer amanhã, e depois de amanhã, e no dia seguinte de novo. Mas, mesmo assim, eu vi coisa pra caralho nessa uma hora. Deu tempo de eu ver mil bagulho, e ouvir mil bagulho também. Deu tempo de eu pensar um montão, aprender um montão. *Uma hora*, pai! Só uma horinha. Mas, durante essa horinha, eu *vi — vi de verdade*. Durante essa horinha, eu *ouvi — ouvi de verdade*. E, infelizmente, a maioria das coisas que eu vi e que eu ouvi não são boas. São terríveis, na verdade. São tão inaceitáveis, que é inacreditável que estejam aí, todos os dias, pra serem vistas e ouvidas.

Na real? Feliz de quem é cego e surdo, e passa pelo mundo, pela vida, sem tomar conhecimento de porra nenhuma.

Grafia atualizada segundo o Acordo Ortográfico da Língua Portuguesa de 1990, que entrou em vigor no Brasil em 2009.

capa
Renan Costa Lima
preparação
Claudia Ribeiro Mesquita
revisão
Fernanda Alvares
Jane Pessoa

O conto "O episódio do bodoque" foi publicado originalmente no site do Instituto Moreira Salles dentro do programa IMS Convida (2020).

Dados Internacionais de Catalogação na Publicação (CIP)

Falero, José (1987-)
Vila Sapo : Contos / José Falero. — 1. ed. — São Paulo : Todavia, 2022.

ISBN 978-65-5692-348-2

1. Literatura brasileira. 2. Contos. 3. Ficção contemporânea. 4. Vila Sapo - Porto Alegre. I. Título.

CDD B869.3

Índice para catálogo sistemático:
1. Literatura brasileira : contos B869.3

Bruna Heller — Bibliotecária — CRB 10/2348

todavia
Rua Luís Anhaia, 44
05433.020 São Paulo SP
T. 55 11. 3094 0500
www.todavialivros.com.br

fonte
Register*
papel
Munken print cream
80 g/m²
impressão
Geográfica